The Sandstone Meanmnach Series is aimed at Advanced Gaelic learners as well as accomplished readers. Recognising that most readers come from an English language background, they open with an introduction from the author that will contextualise and lead into the story. Other English language aids will appear as best fits. These stories are of novella length and so less daunting to the developing reader of Gaelic. They should serve as an intriguing introduction to longer works such as those published by Clàr for the Gaelic Books Council under the Ùr-Sgeul colophon.

Michael Newton was born and raised in the south-eastern desert of California but gained fluency in Gaelic during a prolonged sojourn in Scotland (1992-1999). He completed a PhD in Celtic Studies at the University of Edinburgh during that time and has written numerous articles and books about Highland tradition and history, specialising especially in the story of Highland immigrant communities in North America.

By the same author

A Handbook of the Scottish Gaelic World

'We're Indians Sure Enough': The Legacy of the Scottish Highlanders in the United States

As editor

Bho Chluaidh gu Calasraid/From Clyde to Callander

Scotia 27: Proceedings of Highland Settlers conference

Dùthchas nan Gàidheal: Selected Essays of John MacInnes

Sgeulachdan an Dà Shaoghail ann an Ceithir Litrichean

Michael Newton

The Sandstone Meanmnach Series

Sgeulachdan an Dà Shaoghail ann an Ceithir Litrichean
by Michael Newton
First published 2007 in Great Britain by
Sandstone Press Ltd, PO Box 5725, Dingwall,
Ross-shire IV15 9WJ, Scotland

The publisher acknowledges subsidy from the
Scottish Arts Council.

Copyright © 2007 Michael Newton
The moral right of the author has been asserted in
accordance with the Copyright, Designs and
Patents Act 1988.

ISBN-13: 978-1-905207-12-1

Le taic o Chomhairle nan Leabhraichean

Designed and typeset by Edward Garden Graphic Design,
Dingwall, Ross-shire, Scotland

Printed and bound by Biddles, King's Lynn, Norfolk UK

www.sandstonepress.com

Do cheithir Iain na h-Alba, agus an cuid
saothrach, a thug misneachd dhomh:
Iain òg Ìle, Fear Chanaidh, Iain nan
leabhraichean Domhnallach,
agus Iain MacAonghuis

CONTENTS

Author's Foreword   5

Litir a h-Aon   11
Litir a Dhà   21
Litir a Trì   31
Litir a Ceithir   53

Plot Summary   61

AUTHOR'S FOREWORD

Traditional Gaelic folktales, such as those collected by *Iain Òg Ìle* (John Francis Campbell of Islay) and his crew in 1859 and 1860, are a treasure-trove of linguistic and cultural riches. When I read these old narratives, I am struck by the sheer beauty of the words and turns of phrases. Passages in the stories are full of alliteration, rhythm, rhyme, intentional archaism and all sorts of literary effects that demonstrate a finely tuned craft that must have had generations to come to maturation. Clearly both the narrators and the folklore collectors enjoyed the power of these oral performances to transform mundane reality into something more profound, more exhilarating, more transcendent.

It may seem anomalous for a new work of fiction to draw so heavily upon this obsolete art. For most people today these old folktales remain, in the words of Campbell a century and a half ago, 'despised old rubbish'. They may seem to be silly and irrational tales meant for children of a bygone age, without relevance in the modern world. Novels written recently in the Gaelic language have, for the most part, left behind the characteristics of these old oral narratives and brought us modern European fiction, and there is no doubt that that is a wonderful and necessary development.

In the writing of this novella, I have, on the other hand, decided to embrace as many old literary conventions as possible, while still giving the story some untraditional twists. I have drawn liberally from a variety of narrative structures, plot devices, idioms and folkloric motifs in Gaelic oral tradition, and made many allusions to a cultural inheritance that was once well known to generations of Gaelic speakers. My aim in this novella is to highlight the delicious texture of the Gaelic language itself, to revisit traditional prose styles, and to explore the psychological depths of fairytales, the genre of oral tradition that might seem to have the least relevance to the modern reader.

Words like 'myth' and 'folklore' have become synonymous with 'falsehood' and 'delusion' in popular parlance, demonstrating how science and rationality (or at least intellectual worldviews that are assumed to be superior) have alienated us from the timeless habits and mental habitations of our ancestors. Despite what our modern educational system may claim to the contrary, these oral narratives once informed people about their inner and outer worlds in a way that was effective for them and provided them with an intellectual framework for expressing and exploring the issues of their own times.

Fairytales, and the whole complex of beliefs surrounding what we call the 'supernatural' in English, are allegedly about alien creatures which science has long since banished to oblivion. It is generally assumed that the fairies and their eerie peers are nothing more than the apparitions of the irrational mindset of primitive people, illusions that the modern mind should reject and shun with embarrassment. But if such supernatural creatures really are such dispensable relics of obsolete superstition, why has every culture invented them, and why do we continue to keep them alive in films and television programmes about aliens from space and the strange relationships they seek out with humankind? Clearly, there is something inexorably compelling about this symbolic Other that allows us to express something otherwise inexpressible about ourselves and the human condition. In other words, we need the fairies (or 'little green men from outer space' in the modern age) to understand ourselves and as a way of exploring what it means to be human.

Only recently have scholars begun to analyse the capacity of Gaelic oral tradition to charter the mysteries of the heart and mind. I first gained an admiration for their complexity when reading, and then re-reading several times, the article 'Looking at Legends of the Supernatural' by Dr John MacInnes.[1] As I was writing this novella in 2005, I was reading *The Book of the Cailleach: Stories of the Wise-Woman Healer* by Gearóid Ó Crualaoich, whose work 'explore[s] how the relation between experience and meaningfulness has, in Irish tradition and Irish ancestral cosmology, at the vernacular level, been established and perpetuated in continual transformation, by acts of creative, narrative performance, that is, by the telling of stories'. For 'Irish' we can read the pan-Gaelic world that includes Gaelic Scotland. Ó Crualaoich's scholarship further convinced me of the underappreciated importance of this tradition:

A major part of the traditional significances of the stories represented by the texts [...] arises from the potential of narration to render present, to the imagination and to the emotions, figures who personify elements of ancestral knowledge. These elements comprise knowledge of a profound kind regarding the human condition and the circumstances of human life in the world, which is conceived of as standing in contingent relationship to an otherworld rendered accessible to experience in the symbolic life of narrative and ritual.

Our ancestors did not, of course, need such complicated terminology and methodology to appreciate these stories and how they functioned in their lives: they simply carried them on from generation to generation and told them to each other on the appropriate occasions, be that ceilidhs, the wake house or the dark nights of the soul. Ronald Black's heavily annotated and authoritative volume of the supernatural beliefs collected by John G. Campbell in Highland Scotland (published as *The Gaelic Otherworld*) has appeared since my completion of this text and adds weight, if any is needed, to the contention that this 'ancestral cosmology' deserves our appreciation.

I have done little more in this short work, of course, than hint at the potential inherent in these materials and how they might be of interest to a contemporary audience. The work of renewal and relevance has been always of concern to those who have kept these matters alive. It is my hope that this small effort will add some new links to this chain.

I would like to thank Simon Taylor for his help with place names and Simon Taylor and Alasdair Allan for their help with Middle Scots. I would like most of all to express my appreciation to Angus Peter Campbell for taking the risk to invite me to take part in this series.

Michael Newton
Chapel Hill
North Carolina
USA

---

[1] It was first published in *Transactions of the Gaelic Society of Inverness* 59 (1992), but I have edited it for inclusion in *Dùthchas nan Gàidheal: The Selected Essays of John MacInnes* (Edinburgh: Birlinn, 2006).

Litir a h-Aon

A Roibeirt chòir, a chomhdhalta ghaolaich:

Tha sinn a' cur beannachd na Bealltainne thugad agus tha Griseal a' gabhail do naidheachd. Chan eil gearan againn an seo, ged a tha sinn gu math dripeil le obair na ràithe. Ach tha thu ro eòlach air an dol a-mach neo thaitneach seo mar-tha ...

Feumaidh mi a' cheist a thogail a-rithist air a' chùis a bha sinn a' deasbad an turas mu dheireadh a bha thu an seo nar cuideachd, oir tha mi air mòran cnuasachaidh a dhèanamh oirre. Tha an sgoil air cus agaileachd a theagasg dhut. Ged is dòcha gum bi thu gam spreigeadh airson a bhith tuilleadh is a chòir geasagach, cha chreid mi gach spleadh is sgeul a chluinneas mi. Tha daoine baoghalta gu leòr ann, gun teagamh sam bith, ach ma tha creideamh àraid aig daoine fad' is farsaing (agus daoine geurchuiseach nam measg), feumaidh gu bheil deagh adhbhar aca air. Nach eil thu a' creidsinn sin?

Tha an saoghal seo làn annais is iongantais, agus is iomadh rud a chì sùil nach creid, no nach tuig, inntinn. Tha mi cinnteach nach tèid thu an aghaidh a' bheachd seo. Ach ged a tha iomadh sealladh anns an t-saoghal seo a chuireas smuain oirnn – mìorbhailean agus dìomhaireachd agus àilleachd anns an gabh duine sam bith toil-inntinn – chuala sinn uile sgeulachdan air na creutairean a tha a' tighinn beò anns an 'dara saoghal' (mar a chanar ris). Tha feadhainn a' cumail a-mach gun do thachair iad air na creutairean seo ann an àiteachan fàsachail, fada bhon dachaigh, agus feadhainn eile a' cumail a-mach gum faca iad na creutairean seo faisg air làimh, eadhon nar measg.

Their cuid gu bheil iad beag, is cuid eile gu bheil iad cho mòr rinne; cuid gu bheil iad nàimhdeil rinn, is cuid eile gu bheil iad bàidheil rinn; cuid gun toir iad tiodhlacan prìseil dhuinn, is cuid eile gun toir iad toradh bhuainn. Their cuid gu bheil sinn a' tighinn beò air uachdar na talmhainn is iadsan fo thalamh, air neo a chaochladh; cuid eile, gu bheil cuan eadarainn, agus cuid eile fhathast nach eil anns a' chuan sin ach lèirsinn. A rèir aithris, tha iomadh suaip aca rinn: tha iad air an roinn ann am fineachan, agus air an rangachadh a rèir ìre; tha bainnsean aca, clann agus bàs; agus mar sin air adhart. Ged is iomadh mìneachadh a th' ann orra agus air na tha iad ris, tha aon rud deimhinne: tha dàimh shònraichte eadarainn. Dh'fhaodte gu bheil buaidh againn air a chèile ann an dòighean neo-fhaicsinneach, agus is dòcha leam gun robh is gum bi ar cor is ar piseach toinnte le chèile ann an dòigh air choreigin nach urrainnear a chur an cèill gu sìmplidh.

Ged a tha naidheachdan gu leòr againn orra, chan eil fuasgladh iomlan agam air a' chùis, agus dè as ciall di aig a' cheann thall, agus gu dè dìreach a tha gar fuaigheal ri chèile. Is mar sin, chuir mi romham a dhol air chuairt agus bruidhinn ris an fheadhainn as fheàrr tuigse air a' chuspair. Saoilidh mi gun cùm a' chùis seo fiosrachadh deasbaireachd rinn cho fad' is as miann leinn.

Bidh cuimhne agad air Diarmad, am fear a tha a' fuireach aig Cnoc an Iubhair. Chuala mi gun robh sgeulachd aigesan mu rud a thachair dha, agus chaidh mi a chèilidh air an t-seachdain seo fhèin. Seo agad an sgeulachd a dh'innis e dhomh, agus tha mi an dòchas gun toir i smuain no dhà ort.

* * * *

'S e cèilidh mhòr a bh' againn: bha an teaghlach gu lèir ann, agus tòrr nàbaidhean a bharrachd air sin. Bha an talla air a sgeadachadh mar bu nòs: grioglaichean òir air na ballachan, gealbhan mòr anns an teallach, an t-ùrlar cho rèidh glan is gun ruitheadh ubhal bho cheann gu ceann dheth gu dìreach gun fhiaradh gun mhaille. Bha muic-fheòil ga ròstadh, pìoban gan gleusadh, is na searragan gan leasachadh leis an fhìon bu mhìlse blas, lasraichean an teine a' dannsa ann an dearcan gach aoin, is fiamh a' ghàire a' mire air gach beul.

Bha mi fhèin agus Fearghas agus Aonghas a' traoghadh nan sligeachan, agus a' bruidhinn air gnothaichean beaga is mòra aig ceann shìos an talla. Mar as minig a thachras, theann an còmhradh ri beachdachadh air creutairean an dara saoghail agus air na dòighean neònach aca.

"Chan eil mise a' creidsinn gu bheil anns na sgeulachdan a th' agad, Aonghais, ach ròlaistean is dalladh," arsa mise.

"Seadh," arsa Fearghas, a' gabhail balgam eile den fhìon, "dalladh na dibhe agus dalladh nan geasagan."

"Carson a tha thu cho buileach cinnteach às na rudan air nach eil fianais sam bith agad?" fhreagair Aonghas. "Chan eil anns an t-saoghal seo ach bruadar, bruadar a tha bòidheach, breugach, meallach, maiseach … Chan eil aonan againn, eadhon an saoi as fhoghlamaichte, uile-fhiosrach mun t-saoghal mar a tha e ann an da-rìribh, ach mu dhealbh bheag dheth. Am Bàs, a' Bheatha, an Gaol, an Inntinn – sin agaibh na rùintean nach gabh ceannsachadh gu bràth, agus sin mar as còir dha a bhith."

Nuair a bhios an triùir againn a' tighinn còmhla cruinn, bidh sinn, mar as trice, a' togail farpais ann an oisean seòmair; Aonghas gu h-àraid a' feuchainn ri a ghlùn a chur oirnn, oir is esan am bràthair as sine.

"Agus cha chreid mi nach eil na ceistean seo a cheart cho buaireasach anns an t-saoghal thall," ars Aonghas, a' cumail air leis an fheallsanachd (agus an dreamsgal). "Tha Tìm na rud cho àibheiseach is cho achrannach, is gann gun gabhar a tuigsinn. Feumaidh gu bheil sin fhèin a' cur imcheist orrasan cuideachd."

Ghabh Fearghas ris. "Neo-ar-thaing, tha iad a' feuchainn ri Tìm a chumail fo rian is fo riaghailt le h-ainmeannan, mar gum biodh na h-ainmeannan a' cruthachadh ciall no smachd dhaibh."

Thòisich Aonghas air crònan-magaidh aithris: 'Diluain, Dimàirt, Diluain, Dimàirt ...', agus sheinn sinn uile na faclan seo ris a' phort a bha aig na pìobairean. Agus sin nuair a chualas guth coimheach aig an robh "Diciadain!"

Bha an t-òran seo na thàladh, tha e coltach ... Cò a nochd anns an talla, gun dùil againn ris, ach bodach beag à Tìr nam Marbh! Ach cha robh e cunnartach no curanta idir, ach càirdeil ceòl-chridheach. Gheàrr e leum cho fada ri uaigh agus ghabh e a-steach ann an ruidhle anns an robh triùir nighean. Ged a bha croit ghrànda air a dhruim, shaoileadh tu gur h-e balach òg a bh' ann. Cha robh eagal no fuath air rinn, is ged a bha an talla làn ulaidhean is beartais, chan e siud a tharraing a shùil idir, ach na pìobairean is na dannsairean is (chan iongnadh an rud e) na nigheanan àlainn.

Sguir na pìoban is choisich mi a-null ga ionnsaigh. "Bu mhath leinn d' fhaclan is do dhannsa. Dè a b' fheàrr leat mar dhuais?" dh'fhaignich mi dha.

"Duais ruidhle eile – chan eil an còrr a dhìth orm," fhreagair esan.

Thog mi fhèin pìob, chuir mi nam achlais i, shèid mi suas i, agus thòisich an ceòl as ùr, na pìobairean eile a' seinn còmhla rium. Thug am bodach pòg don triùir nighean agus chaidh e a-steach anns an ruidhle a-rithist, a' gabhail sealladh orra, gach tè na bu bhòidhche na 'n tèile, is e a' gabhail tlachd anabarrach dheth. Cha do sguir e gus an do thuit e gu làr, cho sgìth ri grèin an fheasgair. Thuit e na chadal trom, agus thug sinn a-mach gu taobh a' chnuic e, far an do dh'fhàg sinn e. Ach ghabh mi truas ris an fhear bhochd agus thug mi a' chroit far a dhroma. B' fhurasta dhomh an obair sin. Is dh'fhàg mi fidheall na làimh chlì is bogha na làimh dheis.

Cha b' fhada gus an robh an ceòl na dheannaibh a-rithist, na dannsairean a' cur shradagan asta, agus thòisich sinn air an t-sèist a sheinn a thug am bodach dhuinn ri ceòl na pìoba, "Diluain, Dimàirt, Diluain, Dimàirt, Diciadain," is sinn uile ag èigheachd is a' sgreuchail le aighearachd is hòro-gheallaidh.

Ach a-rithist, gun fhios dhuinn ciamar a thachair e, nochd bodach eile bhon t-saoghal thall nar measg (feumaidh gun robh na h-uiread dhiubh ann, a' smàgachadh air na cnuic mar sheangain a' sireadh meala), agus dh'èigh e "Diardaoin." Ach cha do fhreagair seo ris an t-sèist no ris an fhonn a bh' againn idir. Cha robh an duine seo idir cho geanail caomh ris a' chiad fhear; bha sannt an òir is gion an airgid a' leumraich na shùilean crìona dubha.

Ged a chaidh e a-steach anns an ruidhle, cha robh e a' toirt mòran feairt don cheòl no do na nigheanan a bha a' dannsa còmhla ris: thug e sùil air gach balla is air gach bòrd is air gach bodhaig, mar gum biodh e a' dèanamh cunntas den bheartas a bh' againn air feadh an talla. Bha fiamh a' ghàire air a bha tuilleadh is a chòir foirfe; bha e ullamh den dannsa gu h-obann, is sheas e mum choinneimh gu h-ealamh, mar a sheasadh misgear mu choinneimh ceannaiche. Aocoltach ris an fhear eile, bha e dìreach, àrd, gun chroit, is gun ghaoid eile ri fhaicinn air a chumadh.

"Seadh," arsa mise, "nach bòidheach na briathran a chuir thu ris an t-sèist a th' againn. Dè a b' fheàrr leat mar dhuais?"

Bha a theanga a' fliuchadh a bhilean; ghabh e anail gu socrach. "Aon duais a-mhàin?" ars esan gu frionasach. "Carson nach fhaigh mi a trì? Tha mise a cheart cho airidh air duaisean is a bha mo choimhearsnach a chunnaic sibh roimhe!"

"Cho ceart is a tha thu," fhreagair mise, a' crathadh mo chinn, is fios agam gun iarradh e rudan nach bu shuarach oirnn. "Dè na *trì* duaisean a b' fheàrr leat?"

"Ha!" ars esan. "Siud a ghabhas mi: nighean àlainn, nach fhàs sean gu bràth, tochradh da rèir – 's e, agus fios fithich."

"Mas e sin do thoil, sin na gheibh thu!" arsa mise.

Fhuair e a mhiann, cha mhòr … Fhuair e nighean àlainn againn gun teagamh, ach chan eil na nigheanan a bhuineas dhuinn a' soirbheachadh anns an t-saoghal eile; dh'fhàs i tinn is lag, is chaidh i don leabaidh, far an do dh'fhuirich i gus an d' fhuair am bodach bàs: cha robh an ùine sin leinne ach mar phriobadh na sùla. Tha i air ais againn an seo a-nis, gu fortanach.

Ach, co-dhiù, fhuair am bodach seo poca sheudan cuideachd, ach 's e coltas mhaidean feàrna a tha air na seudan anns an t-saoghal eile: trealaich gun fheum.

Thuig e an uair sin nach soirbhicheadh leis mar a bha e an dòchas. Bhuail am briseadh-dùil seo cho trom air is gun do dh'fhàs e cho gòrach ris na h-eòin is nach canadh e ach "Gròg, gròg, gròg."

* * * *

"Sin agad an aon sgeulachd a th' agamsa," thuirt Diarmad rium. "Ma tha thu airson fiosrachadh nas annasaiche buileach fhaighinn, feumaidh tu dol a chèilidh air a' Chaillich Mhòir. Tha i fada nas aosta, agus nas eòlaiche air a' chùis, na tha mise."

Chuir mi romham sin a dhèanamh cho luath is a thèid agam. Sgrìobhaidh mi thugad a-rithist, às dèidh dhomh a' chailleach seo a lorg.

Litir a Dhà

A Roibeirt chòir, a chomhdhalta chaoimh:

Tha mi a' sgrìobhadh seo thugad ann an cabhaig. Tha Griseal car diombach rium, ri linn mise a bhith air falbh bhon taigh fad dà latha, agus an obair chruaidh a dh'fhàg mi aig na gillean. Ach mar as fhaide a thèid mi a-steach anns an sgrùdadh seo, 's ann as tarraingiche a tha e a' fàs leam.

Bha Diarmad ceart: ged a bha an turas fada, bu mhòr a b' fhiach a' chèilidh a rinn mi air a' Chaillich Mhòir. Bha agam ri beinn a shreapadh, tro uisge is sneachd, agus meas mòr a nochdadh dhi, ach bha i deònach gu leòr agallamh a chumail rium.

Chan iongnadh ged a tha i car breòite, às dèidh dhi iomadh linn a chur seachad air mullach nam beann, ach tha i fhathast abalta deas-bhriathrach, agus seo agad na dh'innis i dhòmhsa.

* * * *

Is mise a' Bheinn agus an sliabh, am monadh agus an dìthreabh; tha mi an seilbh orra agus tha iad fom chùram; buinidh am fiadhaire agus am fàsach dhòmhsa, agus na beathaichean a tha a' tighinn beò annta. Is aithne dhomh gach creutair a thig a dh'fhaighinn fasgaidh is tèarmainn nam chuideachd. Bidh mi ag iomain nam fiadh suas ris na monaidhean is sìos leis na bealaichean, a' cumail deagh fheurach riutha. Chan eil mi ag iarraidh orra ach beagan bainne. Tha na h-èildean deònach gu leòr sin a dhèanamh ma bhios mi a' seinn riutha gu miodalach is mi gam bleoghainn, mar seo:

> 'S e 'n t-aghan guaillfhionn
> Nach tèid dhan bhuailidh;
> Chan iarr i buarach
> 'S cha bhuail i laogh.

> Nuair a bhios sìomain
> Air crodh na tìre,
> Bidh buarach-shìthe
> Air m' aghan donn.

> Bidh buarach àigeach
> Air crodh na h-àirigh,
> 'S bidh buarach àlainn
> Air m' aghan donn.

Ach bha sibh a' faighneachd mun chinne-daonna, nach robh? Chan eil mi ro mheasail orra, feumaidh mi aideachadh. Buaireadh is burraidheachd, sin as dual dhaibh. 'S e a tha mi ris, a latha is a dh'oidhche, cothromachadh nan dùl: an talamh, na beathaichean, am pòr, na lusan, na ràithean … obair gu leòr do thè aosta, nach eil a' fàs dad nas òige, bheil fhios agaibh?

> Chunnaic mi Sgeir Mhòr nan ròn
> Nuair a bha i na h-eilean mòr,
> Is nuair a threabhte i, mur eu-ceart mi,
> Bu sùghmhor geur a h-eòrn';
> Chunnaic mi loch aig Baile Phuill
> Nuair a bha e na thobar crìon,
> Far am bàthte mo naoidhean fhìn
> Is i na suidhe sa chathair chruinn;
> Chunnaic mi Loch Laighin an Èirinn
> Nuair a rachadh a shnàmh aig cloinn.

Theagamh gu bheil cuid den chinne-daonna taitneach gu leòr, iadsan a chumas rin cuid dhleastanasan. Ach tha tuilleadh is a chòir dhiubh ann a bhios a' claoidh mo dhachaigh, a' sàrachadh mo chuid àil, is gam fharranachadh fhèin. Agus uime sin feumaidh mi, bho àm gu àm, beagan ùmhlachd ionnsachadh dhaibh. Innseam sgeul dhut.

Latha dhe na làithean, thàinig ceathrar shealgairean don bheinn air lorg an fhèidh; ach cha b' ann air latha dligheach a bha seo idir, ach mìos às dèidh na Samhna! Bha sin fhèin na chomharra nach robh iadsan a' toirt for air an giùlan mar bu chòir dhaibh. Chlisg an talamh leis an sgairt: sgap na coilich is na circ feadh nan neul; theich na sionnaich thar na deighe mar an dealanach; chladhaich na luchagan is na bruic toll na bu doimhne annam; dh'fhairich mi nam chorp e, agus cha b' e fonn sona a bh' ann dhòmhsa.

Nuair a ràinig iad, an do dh'fhàg iad mìr bìdh aig a' chloich mar dhuais buidheachais dhòmhsa? Cha do dh'fhàg. An do ghabh iad rannan buidheachais do na beathaichean air am biodh iad a' tighinn beò? Bhòbh, bhòbh, cha do ghabh.

Bha mi an ceann nam fiadh mar a b' àbhaist, gan iomain romham tron ghleann, nuair a chunnaic mi na sealgairean air astar bhuainn. Dh'fhan iad an siud, air aisridh nam beathaichean, a' deasachadh an arm, agus lean sinn oirnn tacan gus an d' ràinig sinn doire. Dh'fhàg mi a' ghreigh uallach ann am meadhan na doire, far am biodh iad sàbhailte, agus chaidh mise air m' aghaidh gus an do nochd mi, ann an riochd an fhèidh, gu faicsinneach ris an t-sneachd. Chunnaic sealgair mi; thog e an gunna air a ghlùin agus ghabh e cuimse orm; ach ma ghabh, chunnaic e ann an riochd maighdinn mi, cho maiseach is a chunnaic e riamh, agus leig e sìos an gunna.

Sheall e orm a-rithist is mi nam fhiadh; ghlan e a shùilean, thog e an gunna air a ghlùin a-rithist, agus ghabh e cuimse orm. Dè chunnaic e ach mise nam ainnir àlainn. Carson nach robh e a' tuigsinn na teachdaireachd a bha mi a' cur thuige? Dhùin e a shùilean agus loisg e orm co-dhiù, an trustar.

Ged nach d' rinn am peilear cron sam bith orm, chuir an spreadhadh an t-eagal air na fèidh agus thog iad orra a-mach air an t-sliabh, an cridhe a' bualadh nam buillean agus aimlisg nan inntinn. Chunnaic na fir eile iad agus mharbh iad eilid, an truaghan, a' tuisleachadh anns an t-sneachd bhog gus an do thuit i, agus slighe fala deirge a' deàrrsadh ris a' ghrèin na dèidh.

Cha robh agam an uair sin ach ri bhith a' treòrachadh chàich a-null ris a' mhonadh far nach loisgte urchair orra. O chionn is gun robh na fir cho amaideach, maol, ghlaodh mi riutha, "Tha sibh tuilleadh is trom air na h-aighean agamsa." Agus dh'iomain mi an treud romham, na casan caola clise a' leumraich an-àird mar gum biodh iad a' leantainn ri bogha-froise anns na speuran. Tha gach rud a nì iad grinn, dealbhach, ealanta. Chùm mi m' aire air sin. Bhiodh ùine gu leòr airson dìoghaltas ann.

An oidhche sin, ghabh na fir còmhnaidh ann am bothan beag aig bun na beinne. Thog iad teine (bha an aimsir gu math fuar agus sneachd a' tuiteam), agus dh'fheann iad an eilid. (An do dhòirt iad dileag fala air a' ghrunnd dhomh? Cha do dhòirt.) Chuir iad an fheòil uile air bioran anns na lasraichean, agus aig deireadh na h-oidhche cha robh sitheann air fhàgail; cha robh mìr nach robh air a ròstadh agus air a chaitheamh aig na daoine dàna glutach seo.

Bha iad làn dhiubh fhèin, uaibhreach às an t-seilg, agus riaraichte leis na dh'ith iad. Thug fear dhiubh tromb às a phòcaid agus sheinn e puirt oirre. Dhanns an triùir eile ruidhle air an làr, a' cnagadh an corragan agus ag èigheachd le aiteas, cho disgir ris na fèidh fhèin.

"Fhearaibh mo chridhe," thuirt fear, "bha an latha an-diugh sgoinneil soirbheachail, agus tha againn a-nochd roghainn bìdh is dibhe. Chan eil easbhaidh oirnn o a bhith cho sona ris an rìgh a-nis ach na leannain a bhith nar glaic."

Sin nuair a chaidh mise a-steach don bhothan ann an riochd maighdinn òig. Thàinig mi a-steach don dannsa le sùrdag, a' gabhail ceum-coisiche mu choinneimh gach fir mu seach, a' toirt sùil ghogaideach air, agus a' gearradh leum-trast chun an ath fhir. Aig a' cheann thall bha mi air a leithid de dheòthas a dhùsgadh annta is gun robh iad uile fo gheasaibh agam, flò nan inntinn agus gàire ghòrach air an aodann.

Sheas mi anns an oisinn dhorcha, agus rùisg mi mo leth-chìoch. B' e am fear a bu lugha dhiubh am fear bu sgiobalta anns an dannsa. "Trobhad, a ghille," thuirt mi ris gu tàladhach, "gus an dèan sinn beagan suirghe ri chèile."

Theann e ri gluasad, ach rug am fear a bu mhotha air làimh air. "Stad an sin," ars esan. "Cò mharbh am fiadh an-diugh ach mise? Cò am fear as sine, as treasa, is as deise làmh, ach mise? Is leamsa i."

"Tha sin ri dhearbhadh fhathast," fhreagair am fear beag, a' tarraing biodag à filltean an fhèilidh.

An caraibh a chèile ghabh iad, agus fear beag na biodaige ga sàthadh a-null is a-nall, a' seachnadh làmhan neo-iochdmhor an fhir mhòir, gus mu dheireadh an tug e sàthadh fuilteach den bhiodaig dha anns an amhaich. Thuit am fear mòr, le casadaich a spùt fras de dh'fhuil air càch.

"A Phàdraig, a bhràthair!" dh'èigh am fear ruadh, a' dol air a' chuthach. "Bidh an slaightear suarach seo a' guidhe maitheanas ort, mas beò idir e."

Thug esan ionnsaigh air fear beag na biodaige, a' leum air a dhruim. Thuit an dithis aca air an làr, agus chaidh a' bhiodag a thilgeil anns an dorchadas far nach faicte i. Ghleac iad ri chèile, a' cur char anns a' pholl, agus a' bualadh nan dòrn air a chèile. Fhuair am fear ruadh làmh-an-uachdar, agus am fear beag is a bheul sìos anns a' pholl, ga thachdadh is ga luasgadh fhèin foidhe.

Ach nuair a bha am fear beag ri uchd bàis, chaidh an ceathramh fear, fear bàn, a-null agus clach throm chruaidh na làimh. Bhuail e a' chlach air ceann an fhir ruaidh gu neartmhor, agus leag e e.

Dh'èirich am fear beag, is poll mu aodann is mu bhroilleach. "A Dhòmhnaill, taing do Dhia gun do shàbhail thu mi!" thuirt e, a' tarraing ospag gu fann. "Bha mi an dùil gun ..."

Ach mun tuirt e an còrr, bhuail Dòmhnall a' chlach air a cheann, a' bristeadh a chlaiginn agus a' spreadhadh eanchainn air a' bhalla.

Sheas Dòmhnall, agus thug e sùil shanntach orm. "A-nis, a luaidh, chan eil ann ach thusa is mise," ars esan. Ach às dèidh dha a chiad cheum a ghabhail, chaidh mise nam chaillich mhòir is coltas oillteil orm:

> Aon chas fodham nach robh mall,
> Aon làmh annam, iongannan sgaiteach;
> M' aodann dubh-ghorm, air dhreach a'
>   ghuail,
> Is mo chraos duaichnidh cam fuilteach;
> Fiaclan guineach geura dinnte,
> Falt mar choill chrithinn stacach;
> Aon sùil ghlumach nam cheann
> Bu luaithe na rionnag geamhraidh.

Stad e far an robh e, a chasan nan starra anns a' ghrunnd, agus coltas uabhais air.

"Innis dod cho-chompanaich mhì-mhodhail eile,"

arsa mise, "gum feum iad na dlighean a choileanadh ma thig iad dom dhùthaich-sa. A-nis, is mithich dhomh mo chuid lòin a ghabhail, fhad 's a tha an fheòil car blath."

Agus chrom mi os cionn corp an fhir bhig, a' deothal na fala bho cheann. Theich Dòmhnall a-mach don oidhche ghailleannaich, agus chan fhaca mi bhon uair sin e.

* * * *

"Sin agad an sgeulachd as fheàrr a th' agamsa," thuirt a' Chailleach Mhòr rium. "Ma tha thu airson fiosrachadh nas annasaiche buileach fhaighinn, feumaidh tu dol a chèilidh air Mòir NicNeamhain. Tha i fada nas aosta, agus nas eòlaiche air a' chùis, na tha mise."

Chuir mi romham sin a dhèanamh cho luath is a thèid agam. Sgrìobhaidh mi thugad a-rithist, às dèidh dhomh Mòr NicNeamhain a lorg.

Litir a Trì

A Roibeirt chòir, a chomhdhalta spèiseil:

Is truagh nach robh thu còmhla rinn an t-seachdain seo, oir phòs Niall mac Dhiarmaid Fionnghal nighean Fhionnlaigh, agus bha ceòl, danns' is aighearachd againn fad trì latha (gun ghuth a thoirt air biadh is deoch an fhleadha). Chan fhacas riamh càraid cho sona toilichte riutha! Chaidh Fionnghal a dh'fhaoighe feadh na coimhearsnachd; cha robh againn ri thoirt dhi ach gobhar, ach thrus i uimhir a bhathar is nach bi gainnead orra, is leis cho math is a tha i air banas-taighe, bidh iad saidhbhir sultmhor fo cheann greis.

Chan eil e furasta idir deagh bhan-òglach fhastadh anns an là an-diugh. Bha tè againn gu fuine na mine, a' deasachadh aran math cuideachd, gus an do dh'ionnsaich i cleas na ciste. Thàrr i às, gu mì-shealbhach, agus feumaidh sinn tèile fhastadh air dòigh air choreigin. Tha a' mhin-choirce agus a' mhin-eòrna gan càrnadh gu ro luath!

"Sealgair seanchais" a chuir thu orm, agus feuchaidh mi ris an t-urram sin a chosnadh gu h-iomchaidh. Tha mi an dùil gun cuir an seanchas a tha shìos an seo ris an ainm sin!

Tha fhios nach ionann an seòrsa foghlaim a fhuair an dithis againn. Nuair a bha thusa a' leughadh nan duilleag, bha mise a' leughadh nan eun; nuair a bha thusa ag ionnsachadh sheann chànanan, bha mise a' faighinn ionnsachaidh aig na sean; nuair a bha thusa a' toirt sgrìob le peann, bha mise a' toirt sgrìob le crann. Gidheadh, 's e briathran is beachdan a tha a' toirt buaidh air mar a tha sinn a' tuigsinn an t-saoghail agus thèid againn uile a bhith a' beachdachadh orra, ge b' e an acfhainn a tha nar làimh.

A' gabhail na comhairle a fhuair mi aig a' Chaillich Mhòir, chaidh mi an tòir air Mòir NicNeamhain, agus dh'amais mi air a' bhrònaig na h-aonar ann am bothan air iomall na coille. Seo agad an sgeul a dh'innis i dhomh, a tha a' mìneachadh fàth a mulaid.

* * * *

O, fir an t-saoghail eile! Tha cuid dhiubh cho cealgach fuathasach suarach, is cuid eile cho ceanalta caomh ionraic. Cha mhair iad fada (ar leinne, gu deimhinne), ach nuair a tha iad aig àird am feabhais, tha iad coltach ri dreag dheàlrach bhras lasanta a bheir sgrìob air oidhche chiùin dhubharach. Ged a chuir mi eòlas air grunnan dhiubh, b' ann do Anndra a thug mi gaol buan, is cha ghabh mi fear eile gu bràth.

Thachair mi air Anndra anns a' choille dhuibh, am Frìth an Droma. Bha e a' sealg nam fiadh, is bogha na ghlaic, a' cuimseachadh air eilid ruaidh luainich, fèithean righinn a ghàirdean is a làimh ag at le tarraing an iubhair. Bha fionnarachd na maidne a' cur rudhadh na ghruaidhean, is bha falt dubh dualach na chrochadh mu mhuineal geal. Air thuiteamas, chuir mi mo chas air gasan brisgeach. Dh'fhairich e am fuaim is chuimsich e am bogha rium, ach nuair a chunnaic e nach b' fhiadh ach boireannach mi, leig e gu taobh e.

Choisich mi a-null. B' esan a thòisich an conaltradh, mar bu nòs.

"Is aoibhinn an obair an t-sealg, is taitneach cuirm na sithinn."

Ged b' fhoghainteach foinneamh e, chunnaic mi ann an doimhneachd a shùilean suairceas is sòlas a chàileachd, is cha bhithinn air dòigh gun eòlas collaidh a chur air. Chuir mi meur gu socair sìobhalta air a bhile – cho farasta fìnealta is a bha i! Nam biodh fios agam an uair ud air a' bhinn a bha mi a' toirt air, dè bu dheireadh dha, an ceusadh cràiteach ... Ach cha bu lèir dhomh, is chuir e làmh umam, is thug e pòg dhomh, pòg a shàth saighead annam gu smior mo chnàmhan. Ach ged b' ealamh a' chiad ionnsaigh, cha b' fhurasta an gèilleachdain.

"Cha ghlacar an eilid nach ruaigear gu ceann na h-eileirge," fhreagair mi, is thionndaidh mi, is thug mi am fireach orm.

> Theann e rim leantainn na dheann-ruith,
> Gun driùchd a bheantainn bhàrr an fheòir;
> Chaidh mise an riochd na h-èilde
> Is chuir mi an riochd an daimh e,
> Is ghluais sinn mar mhuir-mhill o mhuir-mhill,
> 'S mar mhire-bhuill o mhire-bhuill,
> Mar ghaoith ghailbhich gheamhraidh,
> Gu sitheach, sothach, sanntach,
>   sàr-mheanmnach,
> Tro ghleanntan is ard-mhullaichean,
> Nar sìomanaich a-null is a-nall,
> Ag amaladh ar gràidh.

Bu bhòidheach bras Uisge Dhè, a' sruthadh gu mear is a' giùlan nan uisgeachan a bha gan taomadh far nan allt. Lean sinn bruthaichean biolarach preasach na h-aibhne, a' gabhail romhainn ceum air cheum gus an deach sinn seachad air a' Bheannchar, is air À-bèidh, agus tro Chreagach Bhealtair. Aig ciaradh an anmoich ràinig sinn an Craichidh. Theàrn sinn an leathad, tro raineach is fraoch, agus laigh sinn sìos air an talamh, an lùib a chèile, ciùinead a' chadail a' tuirling oirnn mar dhuilleach riabhach an fhoghair.

Chuir sinn seachad na ràithean an cuideachd nan creag, nan càrn is nan craobh, a' feuchainn anmhorachd an fhàsaich, a' sireadh màthair na h-aibhne gus an d' ràinig sinn Coire Dhè, is ag òl fìor-uisge fallain às an fhuaran ri teas na grèine, is a' beiceil gu togarrach ceithir thimcheall Bod an Deamhain rè gealach bhuidhe na Fèill Mìcheil, mac-alla ar langanaich a' dùsgadh nan glacan anns an Damhdhair, agus crònanaich ar suirghe a' cur spìd ann an snodhach nan crann anns a' chamhanaich. Thàinig an t-earrach, is rug mi laogh dha, laogh breac-gheal eireachdail greadhnach.

Nuair a thàinig Fearchar gu h-inbhe, dh'fhàg sinn aig Càrn na Cuimhne e, is thug sinn am monadh oirnn, a' siubhal tro na doireachan dlùtha, a' sreapadh ris a' Gharbh Allt, is a' dèanamh gàirdeachais ri grinneas Loch na Gàire. Thar crasg is bealach a dh'fhios Loch Easg a ghabh sinn, is sìos ri taobh Uisge Easg gu ruige Cille Mhoire, far an do dh'amais sinn air rèidhlean feurach fàsmhor. Dh'ith sinn ar sàth, agus chaidh sinn nar sìneadh ann an còsaig chaoimh chanachaich, agus chaidh sinn nar suain.

Nuair a dhùisg sinn anns a' mhadainn, chuir ùralachd na maidne deò is spionnadh nar n-aorabh, is ghrad-dh'èirich mi, is thug mi m' eangan leam.

> Theann e rim leantainn na dheann-ruith,
> Gun driùchd a bheantainn bhàrr an fheòir;
> Chaidh mise an riochd na bà
> Is chuir mi an riochd an tairbh e,
> Is ghluais sinn mar mhuir-mhill o mhuir-mhill,
> 'S mar mhire-bhuill o mhire-bhuill,
> Mar ghaoith ghailbhich gheamhraidh,
> Gu sitheach, sothach, sanntach,
>   sàr-mheanmnach,
> Tro lòintean is lochanan,
> Nar sìomanaich a-null is a-nall,
> Ag amaladh ar gràidh.

Bu mhaiseach bòidheach an Srath Mòr is e fo bhlàth an earraich, tuathanaich an Ruadhainn a' cur an t-sìl, agus luchd-buana Bhlàr Gobhraidh a' cur smùid àsta nan cromadh is nan crùbadh feadh nan achaidhean, a' seinn òran lùthmhor fonnmhor. Choimhead mi air spaidsearachd mo chèile, an tarbh dubh dìleas, a speir mholach leathann gharbh a' treabhadh an fhuinn is a' tilgeil phloc a-nìos, a' fàgail fheannagan ruadha na dhèidh.

Chuir sinn seachad na ràithean ag ionaltradh anns na cluaintean gorma, a' pronnadh 's a' todhar na talmhainn, ag imlich braon is mil às na flùraichean buidhe, a' geumnaich le toileachas oiteagan na mara, agus a' dèanamh mire rè turaidh is tàirneanaich. Bha an dàir orm, is rug mi agh dha, agh chalma chiatach chaomh.

Nuair a thàinig Donnchadh gu h-inbhe, dh'fhàg sinn anns an t-Srath Mhòr e, agus thog sinn oirnn air an t-slighe. Dh'amais sinn air Innis Tuathail agus Abhainn Tatha nan lùb luachrach, a' dol an aghaidh an t-sruth, gu ruige Dùn Chailleann. Siud sinn seachad air Dubh Thallaidh, Baile an Luig is Baile Chloichrigh, seachad air Coille Chnagaidh, Blàr Athaill, is Bruar, ri taobh a' Gharaidh, is am fagas do Shròin na Muice. Suas ris a' mhonadh a ghabh sinn, tro sheann bhealaichean tathaichte gu ruige Druim Uachdar nam Bò, is brat tana sneachda air gach taobh dhinn.

Siud sinn seachad air Dail Chuinnidh, Gleann Truim is Cinn a' Ghiùthsaich, agus fon Aghaidh Mhòir, traoighte leis an imeachd. Chaidh sinn nar cadal, fàileadh cùbhraidh na giùthsaich a' drùidheadh oirnn. Nuair a dhùisg sinn ri èirigh na grèine, bha sinn cho deas beòthail ri gamhna. Ghearr mi cruinn-leum, a' dol nam steud ri taobh Abhainn Spè gus an deach sinn a-steach don choillidh.

> Theann e rim leantainn na dheann-ruith,
> Gun driùchd a bheantainn bhàrr an fheòir;
> Chaidh mise an riochd a' chait-fhiadhaich
> Is chuir mi an riochd a' chait e,
> Is ghluais sinn mar mhuir-mhill o mhuir-mhill,
> 'S mar mhire-bhuill o mhire-bhuill,
> Mar ghaoith ghailbhich gheamhraidh,
> Gu sitheach, sothach, sanntach,
>   sàr-mheanmnach,
> Tro dhoireachan is tomain,
> Nar sìomanaich a-null is a-nall,
> Ag amaladh ar gràidh.

B' fhasgadhach bòidheach coilltean dùmhail nan Neithichean, a' dubh-bhreacadh nan slèibhtean agus a' toirt dìon is beòshlaint do gach gnè beathaich. Chunnacas am madadh-ruadh is am madadh-allaidh, an iolair-uisge is an t-seabhag, an clamhan is a' phioghaid, an dòbhran is am broc, a' ghràineag is an neas, agus chùm iad uile sinn air ar faicill aig luathas an ionnsaigh, gèiread an cuinnean agus guineachas an iongan.

Chuir sinn seachad na ràithean gu seasgair a' dèanamh sùgraidh am measg nan cnèadagan biorach, nan caorann dearga is nan cnòthan sùghmhor, a' sealg nan tunnag is nan lachan air oidhcheannan rionnagach reulagach, a' cniadach a chèile le spògan sgairteil is teangan sreamach, a' gabhail tàmh ann am bun craoibh-giuthais. Rug mi piseag dha, piseag stiallach spòrsail.

Nuair a thàinig Gille-Chatain gu h-inbhe, dh'fhàg sinn aig Uisge Spè e, agus thog sinn oirnn a-rithist. Chaidh sinn fo sgàil Sgor Gaoithe, seachad air Tom an t-Sabhail is Cnocan Dubh, a-null tro Ghleann Lìbheit, a' tionndadh aig an t-seann Bhaile, a' dol gu ruige Baile Mhanaidh, agus gu siar ri taobh na h-aibhne.

Chunnaic sinn lasraichean a' leumraich chun nan neul rè na h-oidhche, mar gum biodh famhair a' cur teine ri samhnagan. Chuir sinn aghaidh ris a' bhraidseal, a' fiaradh nam bruthaichean. Cha robh ach deataichean beaga ag èirigh gu slaodach nuair a ràinig sinn tobhta a' chaisteil. Bha smodal de bhrataichean-làir ioma-dhathte agus cabraichean is maidean is cliathan-fiodha loisgte troimh-a-chèile ann, agus duine no dithis a' rùrachadh am measg nam ballachan briste, feuch am faigheadh iad duine beò, air neo nithean luachmhor.

Bha nighean òg a' coiseachd air feadh nan clachan, gun ach luideagan oirre, luaithre air a h-aodann is air a làmhan. Chunnaic i sinne, is dh'èigh i, 'A'm feart, mither. There's twa awfu-lyke-leukin wyld cats doun there, jist lik the spae-wifie said thare wad be.'

Thàinig guth mnatha à broinn na tobhta ga freagairt. 'Chan eagal dhut – na buin daibh, is cha dèan iad cron ortsa. Agus na toir gèill do gheasagan na cailliche. Trobhad an seo, is dèan cobhair orm.'

Thug i sùil mallachaidh oirnn, ach ma thug, thilg i sgealbagan oirnn cuideachd mus deach i às an t-sealladh. Theich sinn bhon aitreabh, a' tionndadh gu deas an Srath Bhalgaidh, agus gu siar tro Ghairbheach nan Cath gus an d' ràinig sinn Coire Dheadhain.

Chaidh mise an riochd mnatha, is chuir mi esan an riochd fir. Chuir sinn seachad trì bliadhna anns an sgìre sin gu sona suaimhneach, an t-àite anns an do rugadh is an do thogadh Anndra. Fear na bu laghaiche is na bu chòire is na bu dìlse chan fhaigheadh tu. Bhuilich mi buaidh an leighis air, agus cha do thachair e ri bodach no cailleach no pàiste nach do thairg e dha ìocshlaint no rann beannachaidh no tabhartas bìdh.

Bha màthair Anndra a' fuireach faisg oirnn, ach bha i a' fàs sean is bacach. Thàinig i don taigh a bh' againn latha is cas ghoirt aice.

"Sìn do chas," ars esan rithe, "ach an cuir mise barra-lèigh is barra-leighis, ciaran furtachd agus slàinte rithe." Shìn i a cas dha, is thugadh a' chiad làmh air cuaich na h-ìocshlaint is buailear leatha, is ionnlaidear a creuchdan leatha trì uairean is e a' gabhail oba:

An oba a chuir Calum Cille
Ri glùn gille,

'S a' bheinn air iodha, air at,
Air lian, air lot,
Air fruthadh, air shìochadh,
Air ghreimeannan, air earrannan,
Air sgeith-fèithe, air snaoim cnàimhe –

Chaidh Calum a-mach
Anns a' ghealbhain ud mhoich,
Fhuair e casan nan each
Briste mu seach;
Nuair a thuirling e air làr
Gun shlànaich e cas eich:
Chuir e smior ri smior,
'S chuir e cnàmh ri cnàmh,
Chuir e fuil ri fuil,
Smuais ri smuais,
Feòil ri feòil, is fèith ri fèith:
Mar a shlànaich e sin,
Gun slànaich e seo,
Às leth Chaluim is a chumhachdan còmhla;
Aon trian an-diugh,
Dà thrian a-màireach,
'S e uile-gu-lèir earar.
Ortsa, a Bhrìde gheal
Bh' aig sgàth na craoibhe,
Mar a h-euslainteach an-diugh,
Guma slàn a-màireach.

"A mhic mo ghaoil," thuirt ise ris, "tha mi cho sealbhach gur mac dhomh fhèin thu, is gu bheil feartan do làimh cho èifeachdach. Ach tha pailteas dhaoine eile ann a tha fo leòn is fo lot, is bu chòir dhut faothachadh is piseach a thoirt dhaibhsan. Tha thu air cus ùine a chaitheamh gu h-uaigneach aonranach. Tha mi a' faochnadh ort dol dhan Eig, air an oirthir, do thional na Bealltainne aig an tobar naomha. Nì thu tuilleadh fèim thall an siud, far a bheil na dèircich nan cruaidh-chàs, na nì thu an seo."

Às dèidh dhi falbh, bhruidhinn mi ris is dh'fheuch mi ri rabhadh a thoirt dha. "Cha bhiodh e ciallach a dhol ann – tha tional na Bealltainne aig an tobar air a chrosadh a-nis, agus chan eil Beurla agad co-dhiù," arsa mise.

"Cha do ghèill Calum Cille dhan eagal no dhan bhorbachd; thug e buaidh air fhèin is air a nàimhdean; shlànaich e dùthaich, agus tha mise a' gleidheadh a dhìleib. Tha mi airson mo chuid eòlais is bhuadhan a chur gu feum às leth nam bochd is nan tinn. Tha iad feumach air leigheas, ge b' e air bith dè a' chainnt a th' aca. Thug thu ealain domh, a luaidh – ciamar a bhithinn buidheach dhut air sin gun a cur an gnìomh?"

"Ach, m' eudail, is carach seòlta luchd na Machrach – is dùth dhut na Garbh-Chrìochan," arsa mise.

"Chan e mo dhùil a bhith fada gun tilleadh dhachaigh, agus cha dealaich mi gu bràth riutsa, air m' fhacal fhèin. Rachamaid a-màireach los gum bi sinn ann air Latha Beallatinn."

Dh'fhalbh sinn tràth sa mhadainn, cho aotrom lùth-chasach is a bha sinn a-riamh, a' siubhal nam bealaichean is a' triall nan rathaidean, a' faighinn nan drochaidean thar nan sruthan, agus ag itheadh shubhagan far nan geugan. Ràinig sinn an Eag aig ciaradh an latha, agus ghabh sinn cuid-oidhche ann am bothan faisg air làimh.

Nuair a dh'fhàg sinn am bothan nar dèidh anns a' chamhanaich, chuala sinn cacradh an t-slòigh, ceapadaich is goileam luchd-turais a bha air an rathad romhainn mar-tha. Bha soirean aig feadhainn dhiubh agus biadh is deoch annta, oir bhiodh cuid a' cumail fèill aig an tobar fad an latha. Bha cuid a' coiseachd gu tuisleach cliobach, sglàib air leth-chois, agus cuid gan aiseag ann an cairtean, oir cha robh comas coiseachd idir aca.

Bha aiteil na grèine a' sreap air fàire, agus shoillsich craobh ri taobh an tobair, clùdagan ga còmhdach mar gum biodh iad nan gucagan a' cinntinn gu nàdarra is a' chraobh fo bhlàth. Bha boireannach a' toirt toradh an tobair do chaileig chiùrrta, ach chan fhaca a' chaileag fhèin sìon, oir bha failtean air a ceann is air a sùilean, a' toirt lèirsinn bhuaipe. Cha chuala mi aig a' bhoireannach ach "··· le beannachadh Dhè ···"

Chaidh Anndra don tobar is bhruidhinn e rithe. Thug e beagan uisge às an tobar is chuir e ann an cuaich e. Thionndaidh e ris a' chaileig, is thòisich e air am failtean a dhì-shuaineadh far a cinn. Dh'aithris e oba dhi, agus nigh e a sùilean le uisge an tobair, agus bheannaich e i ann am briathran mìne fiosrach. Dh'fhosgail i a sùilean, is thàinig sòlas air a gnùis is solas na dearcan, is chniadaich i e.

Ghlac an dol-a-mach seo aire an t-sluaigh. Sgaoil an naidheachd am measg na bha an làthair, agus chaidh iad, fear is tè mu seach, ga ionnsaigh ag iarraidh a leighis. Thug iad fìon is feòil-rèiste is grioglaichean dha, ach airgead no òr cha ghabhadh e. Latha buidhe a bh' ann dhaibh uile, oir bha an obair seo a' còrdadh ri Anndra gu mòr.

Thàinig am feasgar, agus an tuasaid. Chualas èigheachd, agus saltrachadh is sitrich each. Sgar an sluagh, is thàinig feachd mharcach, duine uasal air an ceann. Chaidh iad bhàrr nan each. Bha coltas fuar gruamach orra. Thàinig dearmail ann an dreach an t-sluaigh. Bha dèirceach luideagach am measg nan oifigear, agus bha e a' comharradh Anndra. Thug oifigear bonn airgid dha, agus ruith e air falbh gu cliobach, am blaigeard. Chaidh mise am falach; b'èiginn domh; ach chuir mi mi fhèin an riochd cuileig agus lean mi na thachair aig astar beag.

Chaidh na h-oifigearan far an robh Anndra. Dheasaich fear dhiubh glas-làmh. Bha Anndra na chrùban, ri frithealadh bodach ciùrrta; chuir an dol-a-mach seo e ann an aimlisg: dè bha na h-oifigearan a' dèanamh, is carson, is dè bha iad ag ràdh …

"Ye ar lawfullie apprehendit for tae be taen tae the Coort o Juisticiarie o Aiberdeen, chairged wi certain crimes o witchcraft an sorcerie, an as a conspirator agin the Earl o Huntly an the King himsel."

Cha do dh'fheuch e ri sabaid no ri teicheadh. Thug e sùil mun cuairt; tha mi cinnteach gun robh e gam shireadh; thuit mo chridhe gu làr. Chuir iad an làimh e agus air muin eich, agus dh'fhalbh iad don bhaile mhòr.

Bha fear reamhar ceannsgalach a' feitheamh riutha nuair a ràinig iad an taigh-punnt. Bha Anndra air fàs car searbh den droch làimhseachadh.

"Leigibh às mi, a bhodachaibh! Cha d' rinn mi ciont no cron a-riamh," ars esan.

Rinn am fear mòr gàireachdainn nimheil. "Pagan abhominations an treasonable misdeeds may be reckont virtue i the Hielans, but thou sall get thy paiks for't whan thou come tae the Lawlans," thuirt e ri Anndra. Rinn e smèideadh do dh'fhear nan iuchraichean is nan cuip.

"Strip him naukit an pit the fear o God intill him. Gar him confess, whitiver it taks. The king an the kirk is waitin on this."

"Ay, Lord Gordon," fhreagair an ceusadair. "We's gar him speak. Patrick haes come tae mak sense o this Hielan blether, an Tammas sall ack as scrybe. We's see till't."

Phut iad Anndra a-steach do sheòmar grod aitidh.

Bha dithis a' feitheamh ris, Tòmas is peann na làimh, na shuidhe aig bòrd, agus Pàdraig: siùrsach Gàidheil a bh' ann. Sheas an ceusadair ri taobh Anndra, a' coimhead air gu geur, mar gum biodh e titheach air a reubadh.

"Ciod as ainm dhut? Càite a bheil thu a' còmhnaidh?" dh'fhaighnich Pàdraig dheth.

"Anndra MacMhathain. Tha mi aig Tòrr Bruthaich fad trì bliadhna nis," fhreagair e.

"His name is ... Andro Man, duelling in Tarbruich thrie yearis," arsa Pàdraig. Sgrìobh Tòmas air pàipear e.

Lean Pàdraig air bruidhinn ri Anndra. "Bheil thu deònach d' fhaosaid a dhèanamh, agus do chuid pheacaidhean aideachadh, air neo am feum sinn beagan cleasachd a dhèanamh ort? Tha fhios nach dèan iad an seo tròcair air trustar Gàidheil."

"Peacaidhean?" thuirt Anndra gu fraochach. "Dè rinn mi an aghaidh duine sam bith? Cha d' rinn mi ach slàinte is leigheas a thoirt dhan bhochd."

"Ye's hae tae brak him. I's come back whan ye hae

duin yer wark," arsa Pàdraig, agus dh'fhalbh e às an t-seòmar, agus Tòmas còmhla ris.

Cha robh ann a-nis ach Anndra agus an ceusadair. Bha e cho borb garg do dh'Anndra, bu ghann gum b' urrainn domh coimhead air a' bhrùidealachd. Chaidh Anndra a rùsgadh, agus currac a chur air a cheann a thug dheth a fhradharc. Gun fhios dha cuin a thigeadh e, chaidh a sgiùrsadh le cuip. As dèidh uairean a thìde den cheusadh, bha e traoghte sgìth. Leigeadh coin a-steach don t-seòmar, is cha b' urrainn do dh'Anndra cadal, aig eagal nan con, a bha ri sìor chomhartaich ris. An ath latha, gun fhois a bhith aige, thill an ceusadair, làn drùis is uilc.

"Uile chumhachdan an dà shaoghail nad aghaidh!" ars Anndra leis a' bheagan neairt a bha air fhàgail aige.

Rùisg an ceusadair e fhèin. "Thy commissar biddis the cum kis his ers," ars esan gu h-aingidh, agus thug e air Anndra bochd gnìomhan coirbte a dhèanamh.

Aig a' cheann thall, as dèidh pèin is peacaidh is pudhair, bhrist e inntinn mo luaidh neoichiontaich, aigne agus a spiorad gun mhisneach gun toinisg.

Cha do sgrìobh Tòmas air pàipear ach brochan de dh'fhìrinn, de dhrabastachd is de spleadhan nam ministearan:

In the first, thow, Andro Man, sumtyme duelling in Tarbruich, art accusit as ane manifest and notorious witche and sorcerar, in sa far as thow confessis and affermis thy selff, that the Devill, thy maister, com to the in the liknes and scheap of a woman, quhom thow callis the Quene of Elphen, and that she promesit to the that thow suld knaw all thingis, and suld help and cuir all sort of seikness. Thow confessis that thow begud to have carnall deall with that Devillische spreit, the Queen of Elphen, on quhom thow begat dyveris bairnis, quhen thow was castit in liknes of a stag...

Sin far an do dh'fhàg mi e. Cha robh e, is cha bhitheadh e, a-chaoidh mar a bha e: cha ghabhadh a leasachadh.

O, fir an t-saoghail eile! Tha cuid dhiubh cho cealgach fuathasach suarach, agus cuid eile cho ceanalta caomh ionraic ...

* * * *

"Sin agad an sgeulachd as fheàrr a th' agamsa," thuirt Mòr NicNeamhain rium, agus deur a' sileadh bho sùil. "Ma tha thu airson fiosrachadh nas annasaiche buileach fhaighinn, feumaidh tu dol a chèilidh air Àine Bhuidhe. Tha i fada nas aosta, agus nas eòlaiche air a' chùis, na tha mise."

Chuir mi romham sin a dhèanamh cho luath is a thèid agam. Sgrìobhaidh mi thugad a-rithist, às dèidh dhomh Àine Bhuidhe a lorg.

Litir a Ceithir

A Roibeirt chòir, a chomhdhalta ghràdhaich:

Meal do naidheachd! Chuala mi gun do choisinn thu duais aig an sgoil, agus nach fhada mus bi thu a' ceumnachadh. Ach bheir mi dhut facal comhairle cuideachd: ged is mòr d' euchdan agus do bhuadhan-inntinn, feuch nach leig thu le do chuid foghlaim do mhac-meanmainn a chur fo chuing. Is iomadh sàr-bhàrd a mhill an sgoil, agus faodaidh duaisean a bhith a cheart cho sgriosail do dh'fheabhas na bàrdachd ris a' ghlas-ghuib. Fàgaidh mi mar sin e an-dràsta, ge-ta.

Mar a gheall mi dhut anns an litir mu dheireadh, b' e Àine Bhuidhe cuspair mo rannsachaidh air an turas seo, agus cha robh i furasta a lorg; bha mi ga sireadh thall 's a-bhos, rè iomadh seachdain (agus sin agad an t-adhbhar gun robh mi cho fada gun an litir seo a sgrìobhadh thugad), gus an do lorg mi i na fìor sheann chaillich dhoill bhacaich ann an taigh nan sean. Thuirt a' bhanaltram rium gu bheil Àine cho gearanach crosta mì-chàilear ris an Fhaoilleach, ach bha i gu math coibhneil riumsa: theagamh gun robh i taingeil beagan fearas-chuideachd a bhith aice. Seo agad na dh'innis i dhomh.

* * * *

Càit am biodh mac an duine às ar n-aonais? Balbh fhathast, gun ealain, gun oideas, gun eòlas. Cha chreid mi gu bheil sinn a' faighinn urram ceart aca nise, mar a b' àbhaist …

O chionn fhad' an t-saoghail, bha iad coltach ri pàistean, lom-rùisgte, a' gabhail tàmh ann an uamhan is ann am frògan, tighinn beò air cnòthan is dearcagan is uisge nan aibhneachan, agus cha mhòr nach robh iad anns gach dòigh aig an aon ìre ris na bèistean.

Ach bha fear òg beachdail tapaidh ann a thug atharrachadh mòr air cùisean. Chaochail athair agus a mhàthair, air an robh e cho measail, agus ged a chaidh iad anns an ùir, bha e airson am faicinn agus ceangal a chumail riutha. Chaidh e a-steach do dh'uaimh, a' màgadh na b' fhaide is na bu doimhne, a' lorg an tuill a bu duibhe a bh' anns an uaimh.

Agus nuair a ràinig e ceann na slighe, far nach robh solas no fuaim no creutair beò, laigh e air a dhruim-dìreach.

Cha do ghabh e biadh no uisge latha às dèidh latha gus an robh e a' teannadh ris a' bhàs, ga shamhlachadh fhèin ris na mairbh. Leig e anam mu sgaoil, chuir e air bhog e mar gum b' e bàta air cuan luaisgeanach an fhaireachaidh, a' leigeil le sruthan sèimhe na sìorraidheachd a thoirt a-mach à saoghal a' chinne-daonna, seachad air tìr-mòr na h-inntinn, gu neoinitheachd an Fhlaitheanais thamhasgaich, ga thilgeil is ga thulgadh air bharraibh nan tonn, agus e ri sìor mhiannachadh a phàrantan fhaicinn a-rithist. Nuair a theirig sruthan dìomhair na Cruitheachd air, dh'fhàg an làn e air tràigh an Eilein Uaine, far an do lorg sinn e.

Bha athair agus a mhàthair nar measg, agus ghabh e toileachas mòr a bhith a' cèilidh orra. Thug sinn solar is slàinte dha; ghlèidh sinn anam is a chorp pòsta, bho chunnart sgaraidh is bàis. Bhruidhinn sinn ris; b' e sin a' chiad fhacal a chuala mac an duine riamh, oir cha robh comas cainnt aige. Thòisich sinn air cainnt is eòlas a theagasg dha, agus ged nach robh a chiad turas fada, bhiodh e a' tilleadh thugainn gu tric, ag ionnsachadh seòlaidhean siubhail an anama agus a' faighinn sàr-oideas againn. Thuig e nach b' e uamh ghrod ghrànda anns an rachadh e airson nan cuairtean-spioraid ach Uamh an Òir.

Dh'fhàs e ainmeil am measg a dhaoine fhèin, agus thug e dhaibh an t-eòlas a fhuair e againne – a' chuid dheth a bhiodh iad comasach air a thuigsinn co-dhiù. B' e seo tinnsgeadal innleachdas a' chinne-daonna, an t-eòlas a chuir os cionn nam bèistean iad. Dh'aithriseadh iad eachdraidh a bheatha ann an iomadh sgeulachd a lìonsgair feadh nan linntean is nan dùthchannan: Athair nam Fiosaichean, Ollamh nan Shaman, Orpheus an Cruitear, Gilgamesh an Gaisgeach, Izanagi am Brònach, Ìosa an Crìosd. Agus chuir iad ainmeannan urramach oirnne: Bragi, Muses, an t-Aos Sìdhe, Saraswati ...

O, tha cuimhn' agam nuair a bhiomaid a' cur seachad uairean a thìde a' conaltradh ri chèile. Bhiodh iad a' lorg gach dòigh gu bhith tighinn am fagas dhuinn: a' dol ann am breislich le lusan sònraichte, a' dol a leth-chadal le ceòl àraid, a' gabhail rannan adhraidh gus an robh an ceann ag itealaich anns na speuran ...

Chan e gu bheil e a' còrdadh rium daoine fhaicinn a'

sleuchdadh romhainn, gu h-aineolach lag fann. Chan e gur e as miann leinn a bhith nar Dèithe – chan e sin a tha fa-near dhuinn idir. 'S e a rinn an cùmhnant eadarainn brìoghmhor gun robh sinn na bu treasa annainn fhèin leis an eadar-dhealachadh a bha an conaltradh a' toirt dhuinn. Chan eil ciall no feum anns an t-saoghal mur h-eil crìochan ann – chan eil ann ach seachranachd anns an fhàsach air aineol. 'S e a bha gach taobh a' toirt dha chèile ach sgàthan anns am faiceamaid sinn fhèin bhon taobh eile. Chan eil 'sinne' ann mura h-eil 'iadsan' ann cuideachd.

Agus ged as iomadh rud a dh'ionnsaich sinn don chinne-daonna, chan eil neach-teagaisg ann nach fiosraich rudeigin ùr anns a' chonaltradh. Ach nach e an t-eagal a tha air an ollamh gum fàs na h-oileanaich cho foghlamaichte agus cho dàna is gun cuir iad taigh an oideis bun-os-cionn? Tha gach uile nì a tha aig mac an duine a' crochadh air a' bhonn-stèidh a thug sinn dhaibh, ach tha iad gar dìochuimhneachadh a-nis! Tha iad air fàs uaibhreach àrdanach, a' tilgeil bhuapa a' mhodha agus an eòlais a fhuair iad againn, agus seall air a bhuil: tha iad a' dìteadh an saoghail-san, ga thruailleadh le sannt, is gràin, is cumhachd gun chrìochan.

Ma chuireas iad às dhaibh fhèin, bidh sinn gan ionndrainn gu mòr. Tha sinn gan ionndrainn mar-thà!

* * * *

"Sin agad an sgeulachd as fheàrr a th' agamsa," thuirt Àine Bhuidhe rium. "Tha mi an dòchas gun do chòrd i riut, agus gun do bhuain thu beagan brìgh aiste! Nise, feumaidh mi dol a laighe; tha an saoghal air fàs cho Gallta, agus tha mise air fàs cho sgìth!"

Agus an uair sin chaidh i don leabaidh, agus dh'fhalbh mi gu socair ciùin às an t-seòmar. Nuair a thill mi dhachaigh, bha obair gun sgur a' feitheamh rium! Is gann gun robh cothrom agam an litir seo a sgrìobhadh ...

A Roibeirt, 's e seo deireadh mo sgrùdaidh, oir ràinig mi ceann nan ùghdarrasan. Mur h-eil thu a' tuigsinn mo chinn-teagaisg a-nis, dh'fhaodte nach bi thu ga thuigsinn – no ga chreidsinn – a-chaoidh. Ach biomaid fhathast cho fosgarra caidreabhach dha chèile a dh'aindeoin nan deasbadan seo, agus bidh cuspair breithneachaidh againn fad iomadh linn ri teachd.

Tha fiughair oirnn d' fhaicinn a-rithist slàn sàbhailte. Dh'fhaodte gum bi thu a' toinneamh nan sìoman, an àite a bhith fuasgladh na feallsanachd, rim thaobh aig na cèilidhean, agus ma bhitheas, bidh ùine gu leòr againn sgeulachdan agus ròlaistean innseadh gu socair taitneach.

PLOT SUMMARY

The novella takes the form of four letters, written by an unnamed author to his foster brother Roibeart who is studying for a degree in the city.

The first letter is the longest and sets the background for the novella. There is some rivalry between Roibeart and his foster brother which expresses itself in Roibeart's scepticism about the supernatural and his foster brother's need – perhaps especially because of his lack of opportunity for education and his being left behind in the countryside – to defend traditional beliefs in the supernatural. He begins by recounting the variety of interpretations of the Otherworld, especially emphasising the mirrored correspondence between the mundane world and the Otherworld.

Wishing to backup his intuition with empirical evidence, the author embarks on some basic fieldwork: he visits Diarmad, an elder of his village, and asks him what he has heard and knows about the Otherworld and the beings there. Diarmad's account is a variation of a traditional fairytale often called *Diluain, Dimàirt* ('Monday, Tuesday') after a rhyme in the story. (In the telling, the reader might begin to question his or her assumptions about this fictional world, the beings in it and the relationship between it and the Otherworld.)

Diarmad and his two brothers are in the neighbourhood ceilidh-house having an argument about superstition. His brother Aonghas asserts that acknowledging the enigma of ultimate reality makes supernatural beliefs a more plausible proposition. They mock the illusion of time with a rhyme sung to the tune of the pipers in the ceilidh when they are answered by a new voice: an unexpected visitor from 'the Land of the Dead'. Although offered the reward of his choice, the old, humpbacked man wants nothing more than to dance. When he collapses with exhaustion Diarmad and his brothers relieve him of his deformity and leave him in his own world with a fiddle and bow in his hands. Soon another man appears in their ceilidh, but this one is not so agreeable or humble. His greed is confirmed when he requests an eternally young and beautiful maiden, a tocher of riches and 'raven's knowledge', but these rewards turn out in the end to be illusory.

Diarmad ends his interview by apologising that he knows no more of the subject, but suggests that our fledging folklorist seek out the Great Crone, who is much older and wiser than he is. The author promises to write his next letter once he can find and interview her.[1]

In his second letter, the author says he has taken to his quest with great enjoyment, especially after his mountain trek to find the Great Crone. She identifies herself with the landscape and the chthonic powers. She herds the deer and is not too fond of humankind, as humans have become increasingly disruptive of the natural order of which she is a part. She tells of four hunters who neglected to be respectful in her realm and came brashly to kill the deer in late November, well past the allotted hunting season. She leads the deer to safety and plays some tricks on the hunters, though not without losing one of her flock to the intruders.

---

[1] This linking device in my narrative structure is an adaptation of a folkloric motif called 'The Oldest Animal'.

The hunters retreat that night to a bothy, where they build a fire and cook the venison and are well pleased with their catch. The Great Crone comes to them in the form of a young maiden as they are dancing a threesome reel and tempts them sexually. This arouses their lust and the jealousy between them. One by one they kill each other until only one is left, who assumes the maiden is his prize to claim. She returns to her ghastly form, however, telling the remaining hunter to return home and remind his compatriots to have more respect for her before they visit her land again. The Great Crone ends her interview by insisting that the author go to find an aged woman named Mòr NicNeamhain, who is older than she is and more knowledgeable about the subject.

The third letter begins with some gossip from home and an apology for the author's lack of learning in comparison with his foster brother, Roibeart. It soon proceeds with an interview with Mòr NicNeamhain, who is still heartbroken over a lover named Anndra. She recounts how she met him deep in the forest, where he was hunting deer.

She falls in love with him; she runs away and he chases after her. She turns herself into a hind and turns him into a stag and they spend several seasons in those shapes, travelling up the River Dee. She gives birth to a deer calf. They pass through the Balmoral Forest and descend to the pastures around Kirriemuir.

They rest there and in the morning change shape: she turns herself into a cow and turns him into a bull. They traverse Strathmore for several seasons and she gives birth to a calf. They move on to Dunkeld, heading uphill through Blair Atholl and Aviemore.

They rest in the Abernethy Forest and in the morning change shape: she turns them both into wild cats. They traverse the forest, which is alive with all manner of animals. She gives birth to a kitten. They curve around the Hills of Cromdale and go through Glenlivet and Dufftown through Strathbogie. They see a burning castle in the night and make their way there. A mother and her daughter are rummaging through the rubble and notice them. They travel through Garioch and down the River Don.

They return to human form and spend three years there in Anndra's native parish. She grants him the ability to heal. His mother visits him after her foot has been injured. He heals her and she convinces him to come to the annual May Day pilgrimage to St Fittick's Well at the Bay of Nigg, where sickly people go for healing. Mòr attempts to dissuade him, reminding him that the pilgrimage has been banned by the authorities, but he disregards her warning.

They travel down to Nigg. In the morning Anndra begins to attend to the sick and lame. He is apprehended in the afternoon by the King's men, who speak a language he does not understand, and is taken to Aberdeen. He is subjected to torture and a false confession is forced from him, his mind and body broken in the process. Mòr NicNeamhain ends her interview by insisting that the author seek out Àine Bhuidhe, who is older than she is and more knowledgeable about the subject.

The fourth and final letter begins by congratulating Roibeart on the occasion of his graduation, although the author also warns him against letting his education stifle his imagination. After much searching he has found Àine Bhuidhe in a decrepit state in a home for the elderly.

Àine recalls that in the beginning humankind was undeveloped and vulnerable in the extreme, little different from the rest of the animals. But there was once a young man whose parents had died, and he longed to see them again and maintain his connection to them. He crawled into a cave, stopped eating and drinking and prepared himself to die. His soul left his body and traversed the abyss between worlds, and through the strength of his will to see his departed parents, his spirit reached the shore of the Green Isle.

The young man's spirit found his parents amongst the Otherworld company. They taught him language and other forms of knowledge that humankind lacked. He returned frequently for further learning and became famous as the wiseman who won wisdom for humans. Both he and his Otherworld teachers were renowned in stories propagated through the generations in many nations, and were known by many different names.

Humans attempted for a long time to maintain this connection with the Divine, but they have grown arrogant and forgotten about their ancient mentors. In the process of rejecting these ties they are also poisoning their world with greed and abusive power. Àine, it seems, was the last in the line of authorities and so the author is finished with his quest.

SANDSTONE PRESS – THE COMMITMENTS

Sandstone Press is committed to the
development of literacy.

Sandstone Press is committed to providing intelligent
books for the widest possible readership.

Sandstone Press is committed to the highest
levels of editing and design.

Information on other Sandstone Press books
follows on the next few pages.

THE MEANMNACH SERIES

The Sandstone Meanmnach Series is aimed at Advanced Gaelic learners as well as accomplished readers. Recognising that most readers come from an English language background, they open with an introduction from the author that will contextualise and lead into the story. These stories are of novella length and so less daunting to the developing reader of Gaelic. They should serve as an intriguing introduction to longer works such as those published by Clàr for the Gaelic Books Council under the Ùr-Sgeul colophon.

LITIR À AMEIREAGAIDH

Scotland suffered disproportionate losses in the First World War, and the Western Isles suffered most grievously. The Memorials on the Uists, those wind-whipped isles, bear eloquent testimony.

LITIR À AMEIREAGAIDH tells of the life of Donald John who, in the years following, left Uist to work as a policeman, initially in Glasgow and later in New York. The story tells of the twists and turns his life takes, and of his character. He experiences love and hate, marriage and separation, deceit and violence, success and disappointment, and finally learns that
'As a man sows, so he must reap'.

Novelist, short story writer, dramatist and poet, Flòraidh MacDonald lives in North Uist, where she is involved in Arts in the Community and where she has established painting, singing and local history groups. She received the Ailsa Cup for Poetry at the 2006 Mod in Dunoon.

NON-FICTION

SHADOW BEHIND THE SUN
Remzije Sherifi

SHADOW BEHIND THE SUN is the first English-language account of the Kosova Crisis told from the inside that also gives an historical context to the persecution and atrocities. In Britain the author engaged in voluntary work with fellow Kosovars and eventually became Development Worker for the Maryhill Integration Network in Glasgow, working with asylum seekers and refugees from all over the world.

Remzije Sherifi was born in Prishtinë in Kosova in the Communist state of Yugoslavia where her father was a senior policeman. The family moved to Gjilan in the south-east where she received most of her education and became a radio journalist. In 1999 she escaped with her own family to Macedonia and from there to Great Britain, as a refugee.

Foreword author George Szirtes was born in Budapest in 1948 and came to Great Britain as a refugee in 1956. In 1982, he was invited to become a Fellow of the Royal Society of Literature and, since then, has published several books and won various other prizes including the T S Eliot Prize for *Reel* in 2005.

WHITE RIVER
Jamie Whittle

The new wanderers have at their feet an access to the world's wild places and manifold cultures such as no previous generation has known. Onto this ground steps Jamie Whittle, traveller, environmental lawyer and poet.

In this his first book he returns to his origins by the River Findhorn in Highland Scotland to make the journey from its mouth to its source on foot, and to return again by canoe. From the interaction of traveller and river there arises a new lyricism that speaks of energy, dangers, wild places, of bounty taken from hard landscapes, of beauty and risk.

White River *is an environmental book like no other. Holding the lawyer's scales of balance as he goes, Jamie Whittle recognises that the river runs between two banks. One is economic and practical. The other is aesthetic and idealistic.*
Professor Alastair McIntosh – Centre for Human Ecology – in his foreword

ILLUSTRATED BY JO DARLING

A journey-book in the tradition of Basho's Narrow Road to a Far Province, *mixing poetry, prose and meditation. Jamie Whittle is never blind to modernity's grip on the river, but never deaf to the river's old magic either.*
Robert Macfarlane – Author of *Mountains of the Mind*

THE KERRACHER MAN
Eric MacLeod

Eric Macleod looks across the loch at the forlorn wreck of his family's croft. 'How would you like to live there?' he asks his wife Ruth, half joking. After all, they have to think of something to do with the place. But he doesn't expect her instant reply – 'I would love to.' A few short months later, fired by the challenge of an adventure like no other they've known. With Ruth and their two little girls, he plans to renovate the croft and make a living from the land, but it's a long leap from management accountant to house builder and crofter – as they soon find out.

In their seventeen years at Kerracher, they experience the beauty and terror of living in the last wilderness in Scotland. They can reach the croft only by boat, across the loch, or by walking a mile and a half over the hill from the road.

Eric MacLeod was born in Dingwall in the Highlands. His early post graduate career was in Accountancy in London, but he made a life change at the age of thirty to become a crofter and self-employed in a variety of ways. Since leaving the croft he has worked as a Business Adviser across the Highlands. He is also currently running his own business in horse feed supplements. He has returned to the area of his birth with his wife Ruth of 37 years and has two daughters and three grandchildren.

THE HIGHLINER SERIES

The Highliner Series follows and prolongs the high line of world culture as viewed by its director, the Scot Kenneth White, one of the liveliest and most comprehensive minds working in Europe today. Consisting mainly of relatively short books, finely written and cogently argued, the series will aim at the opening up of a new space, critical and creative, in writing and thought.

ON THE ATLANTIC EDGE
Kenneth White

This first book in the series contains the full text of Kenneth White's lectures as first Hi-Arts International fellow preceded by, in the way of introduction, his lecture to the Edinburgh International
Book Festival in 2005.

THE RADICAL FIELD
Kenneth White and Geopoetics
Tony McManus

That the work of Kenneth White is a landmark not only in Scottish literature but in the field of world writing and thought is something that many people have known for a long time. If the influence of White's work has been spreading, and will continue to do so, relatively few people even yet have a sense of its complete range. The aim of Tony McManus, writer, educational activist and musician, with access to the full extent of White's French writings, was to provide an essential overview of that completeness.

Tony McManus, inspirational teacher, educationalist, writer and musician, studied the work of Kenneth White in French and English, and became the leading authority on that work in the English language. He was curator of the White World exhibition for the National Library of Scotland in 1996, which has since toured extensively in Scotland and in France. He founded the Scottish Centre for Geopoetics in 1995 and secured its future before his untimely death in April 2002.